U0053082

兒童文學叢書

・藝術家系列・

畫家與芭蕾舞

粉彩大師 狄嘉

喻麗清／著

三民書局

國家圖書館出版品預行編目資料

畫家與芭蕾舞：粉彩大師狄嘉／喻麗清著.－－二版一
刷.－－臺北市：三民，2018
　　面；　　公分.－－(兒童文學叢書・藝術家系列)

　ISBN 978－957－14－3428－5　(精裝)

　1. 狄嘉(Degas, Edgar, 1834－1917)－傳記－通俗作
品

859.6

© 　畫家與芭蕾舞
　　　　　　——粉彩大師狄嘉

著 作 人	喻麗清
發 行 人	劉振強
著作財產權人	三民書局股份有限公司
發 行 所	三民書局股份有限公司
	地址　臺北市復興北路386號
	電話　(02)25006600
	郵撥帳號　0009998－5
門 市 部	(復北店)臺北市復興北路386號
	(重南店)臺北市重慶南路一段61號
出版日期	二版一刷　2018年7月
編　　號	S 855731

行政院新聞局登記證局版臺業字第○二○○號

有著作權・不准侵害

ISBN　978－957－14－3428－5　　(精裝)

http://www.sanmin.com.tw　三民網路書店
※本書如有缺頁、破損或裝訂錯誤，請寄回本公司更換。

攜手同行
（主編的話）

孩子的童年隨著時光飛逝，我相信許多家長與關心教育的有心人，都和我有一樣的認知：時光一去不復返，藝術欣賞與文學的閱讀嗜好是金錢買不到的資產。藝術陶冶了孩子的欣賞能力，文學則反映了時代與生活的內容，也拓展了視野。有如生活中的陽光和空氣，是滋潤成長的養分。

民國 83 年，三民書局董事長劉振強先生，有心於兒童心靈的開拓，並培養兒童對藝術與文學的欣賞，因此不惜成本，規劃出版一系列以孩子為主的讀物，我有幸擔負主編重任，得以先讀為快，並且隨著作者，深入藝術殿堂。第一套全由知名作家撰寫的藝術家系列，於民國 87 年出版後，不僅受到廣大讀者的喜愛，並且還得到行政院新聞局第四屆小太陽獎和文建會年度最佳少年兒童讀物獎。

繼第一套藝術家系列：達文西、米開蘭基羅、梵谷、莫內、羅丹、高更……等大師的故事之後，歷時 3 年，第二套藝術家系列，再次編輯成書，呈現給愛書的讀者。與第一套相似，作者全是一時之選，他們不僅熱愛藝術，更關心下一代的成長。以他們專業的知識、流暢的文筆，用充滿童心童趣的心情，細述十位藝術大師的故事，也剖析了他們創作的心路歷程。用深入淺出的筆，牽引著小讀者，輕輕鬆鬆的走入了藝術大師的內在世界。

在這一套書中，有大家已經熟悉的文壇才女喻麗清，以她婉約的筆，寫了「拉斐爾」、「米勒」，以及「狄嘉」的故事，每一本都有她用心的布局，使全書充滿令人愛不釋手的魅力；喜愛在石頭上作畫的陳永秀，寫了天真可愛的「盧梭」，使人不禁也感染到盧梭的真誠性格，更忍不住想去多欣賞他的畫作；用功而勤奮的戴天禾，用感性的筆寫盡了「孟克」的一生，從孟克的童年娓娓道來，讓人好像聽

到了孟克在名畫中「吶喊」的聲音，深刻難忘；主修藝術的嚴喆民，則用她專業的美術知識，帶領讀者進入「拉突爾」的世界，一窺「維梅爾」的祕密；學設計的莊惠瑾更把「康丁斯基」的抽象與音樂相連，有如伴隨著音符跳動，引領讀者走入了藝術家的生活裡。

第一次加入為孩子們寫書的大朋友孟昌明，從小就熱愛藝術，困窘的環境使他特別珍惜每一個學習與創作的機會，他筆下的「克利」栩栩如生，彷彿也傳遞著音樂的和鳴；張燕風利用在大陸居住的十年，主修藝術史並收集古董字畫與廣告海報，她所寫的「羅特列克」，像個小巨人一樣令人疼愛，對於心智寬廣而四肢不靈的人，這是一本不可錯過的好書。

讀了這十本包括了義、法、荷、德、俄與挪威等國藝術大師的故事後，也許不會使考試加分，但是可能觸動了你某一根心弦，發現了某一內在的潛能。當世界越來越多元化之後，唯有閱讀，我們才能聽到彼此心弦的振盪與旋律。

讓我們攜手同行，走入閱讀之旅。

簡宛

簡　宛

本名簡初惠，國立臺灣師範大學畢業，曾任教仁愛國中，後留學美國，先後於康乃爾大學、伊利諾大學修讀文學與兒童文學課程。1976 年遷居北卡州，並於北卡州立大學完成教育碩士學位。

簡宛喜歡孩子，也喜歡旅行，雖然教育是專業，但寫作與閱讀卻是生活重心，手中的筆也不曾放下。除了散文與遊記外，也寫兒童文學，一共出版三十餘本書。曾獲中山文藝散文獎、洪建全兒童文學獎，以及海外華文著述獎。最大的心願是所有的孩子都能健康快樂的成長，並且能享受閱讀之樂。

作者的話

　　狄嘉這個人，如果不當畫家的話，其實日子可以過得很好。家裡是開銀行的，祖父的銀行在義大利，父親的銀行在巴黎。他是長子，順理成章接掌銀行，就在上流社會裡當個收藏家也可以。偏偏他愛上畫畫，要把自己變成別人收藏的對象。

　　他命真好，不是好在他不必為選擇了藝術而吃苦受窮，是好在他的選擇沒有做錯。可是生活上他雖然沒有一般畫家的壓力，但畫起畫來那種勤奮的精神並不輸給任何繪畫大師。

　　狄嘉 20 歲的時候，父親叫他回義大利去看看祖父，他一去去了 5、6 年，可是回巴黎的時候，帶回去的速寫筆記本子就有 28 本，臨摹義大利各地博物館中的名畫就有 600 多張，連他那個鑑賞力非常高的父親，這時候也不得不對人誇耀說他這個兒子現在真的畫得很像個樣子了。

　　像他這麼深愛畫畫的人，見了那些跳芭蕾舞的女孩，引動他想把她們畫下來的衝動是不難理解的。因為要當個芭蕾舞星在當年的巴黎也是很不容易的，不但得有像他那樣不知所以的熱愛，還得有不計代價的辛苦勤練才能夠出頭。有些跳芭蕾舞的女孩只是因為家裡窮，去跳舞學校至少還有口飯吃，有的跳到後來就趕快找個人結婚去了，自始至終跳到成為大明星，再成為老師的很少。狄嘉經常出入劇院和芭蕾學校，知道她們在舞臺背後的辛酸，所以畫她們畫得最傳神。

　　天下沒有不花氣力就得來的成功，這也許就是狄嘉在芭蕾舞女孩身上得到的啟示。他從來不覺得自己是個天才，因為他的畫都是畫畫畫，很努力的畫出來的。沒有其他的捷徑，就是父親開銀行也不能幫他畫啊。

也許，他留給我們的這種榜樣比他的畫與塑像更好，更叫人懷念與敬重。他50 歲以後就很少在公共場所出現了，閉門作畫，過著孤僻的隱居生活。那時候，他已經意識到人的生命就像他的畫一樣即興即逝，他得抓緊時間在繪畫上研究改進，找出藝術的祕密。

「藝術的祕密，」狄嘉後來說：「就是從大師的作品裡得到忠告，但不重複他們的步伐。」他終於走出了博物館的陰影，並且還進一步超越了印象派的框框，讓自己也成為別人收藏的對象。

喻麗清

喻麗清

臺北醫學院畢業後，留學美國。先後在紐約州立大學、加州大學柏克萊分校任職，工作之餘修讀西洋藝術史。現定居舊金山附近。喜歡孩子，喜歡寫作和畫畫。雖然已經出過四十多本書了，詩、小說、散文、童書都有，但她覺得兩個既漂亮又聰明的女兒才是她最大的成就。

狄嘉

Edgar Degas
1834 ～ 1917

Degas

小安有一天跟著媽媽去畫廊，媽媽看畫，小安卻看中人家辦公桌上的一個小銅像。

那個小銅像是個跳芭蕾舞的女孩，穿著練舞時的白色芭蕾舞裙和舞鞋，長長的辮子上還結了一個粉紅絲緞的蝴蝶結，兩手在背後交叉著，臉仰著，眼睛閉著，好可愛。

小安指著芭蕾舞女孩問媽媽：「媽媽，為什麼她頭抬得高高的，眼睛還閉著？我們跳舞都不是這樣的。」

媽媽微笑著說：「也許她正陶醉在音樂中，也許她正在夢想著自己有一天會成為大明星啊。你看，她長得雖然普普通通，像隻醜小鴨，可是她的神態那麼專心、那麼認真，好像有一天真的會變成天鵝。小安，妳知道嗎？她才十四歲呢。」

小安覺得很奇怪：「您怎麼知道她才十四歲？」

媽媽故意神祕兮兮的說：「是狄嘉告訴我的。」

小安更好奇了，急忙的追問：「狄嘉是誰？是您和爸爸的朋友嗎？」

媽媽忍不住大笑起來：「騙妳的啦。狄嘉是一百多年前法國的大畫家，最喜歡用

十四歲的芭蕾舞星，約1880～1922年，青銅、上彩、紗裙、緞帶蝴蝶結，高99.1cm，美國紐約大都會博物館藏。

原作是蠟做的，因為狄嘉晚年幾乎半瞎，作畫困難，以塑像為主。他自稱這些蠟像為「盲人的手工藝」。狄嘉死後銅製品才紛紛上市。你可以給她穿上粉紅或蘋果綠的舞裙，你也可以給她繫上任何顏色的髮帶，完全打破了雕塑的呆板傳統。

自畫像，約 1862 年，油彩、畫布，92 × 69cm，葡萄牙里斯本哥本坎基金會藏。

狄嘉出身銀行世家，家境好。他平日穿著講究，喜歡戴絲質禮帽和皮手套。本來學的是法律，但一天律師也沒做過，偏偏要去當畫家。因為愛看歌劇和芭蕾舞，也就特別喜歡畫唱歌和跳芭蕾舞的人。

狄嘉的簽名式
法國姓 de gas——本來是兩個字，狄嘉在畫上簽名時都把它合為一個字，看起來像不像每個字母都在跳芭蕾舞？

有顏色的粉彩筆畫畫，而且最愛畫跳芭蕾舞的人。後來他眼睛快瞎了，就用蠟和泥巴來塑像，這是最有名的一個，就叫做：〈十四歲的芭蕾舞星〉。」

狄嘉的故事

　　誰沒有看過芭蕾舞呢？穿著蓬蓬紗的裙子和特別訂製的鞋子，在舞臺上，隨著音樂，用踮著腳尖的肢體語言，給觀眾講故事。

　　最有名的就是〈天鵝湖〉了：柴可夫斯基用音樂帶我們去森林打獵，王子在那幽靜的樹林裡迷了路，忽然看到一個優美的湖，倒映著白雲的湖面上，還有一群天鵝在跳舞。王子本來要用箭去射殺其中一隻最高貴的天鵝，實在捨不得，後來才知道那美麗的天鵝原來是公主變的。

　　狄嘉十三歲的那一年，母親去世了。父親怕他難過，無論有什麼社交活動都帶著他參加。

　　有一回，他跟著父親去巴黎歌劇院看〈天鵝湖〉，就像在森林打獵迷了路的王子一樣，狄嘉愛上了那群天鵝般的芭蕾舞星，同時他還發現那位天鵝公主竟是父親

一個大阿拉貝斯克動作，1882～1895 年，青銅，高 46.5cm，長 22.5cm，法國巴黎奧塞美術館藏。

的好朋友。

　　等戲演完了，父親帶他去後臺，好多漂亮的演員都過來跟父親握手，原來父親經常資助芭蕾舞學校和一些歌劇演出，大家見了他都十分尊敬。那些跑龍套的小天鵝們都是由芭蕾舞學校來的，年紀跟小狄嘉不相上下，尤其那個穿蘋果綠紗裙的女孩，小狄嘉覺得她比天使還要美。當那女孩向他微笑的時候，小狄嘉興奮得滿臉通紅。

　　因為父親是個酷愛藝術的人，狄嘉除

舞臺上的舞者，1876 年，粉彩、單刷版畫，58.4 × 42cm，法國巴黎奧塞美術館藏。
狄嘉一生畫過許多的題材，但最愛畫的還是芭蕾舞星。他也嘗試著用各種可能的畫材作畫，最後總是用上粉彩。
他不但能畫出跳舞者的姿態，而且能對幾個高難度的平衡動作畫得非常傳神。如果沒有長期的觀察是很難做到的。

了經常跟著父親出入歌劇院外，也常在家中的宴會裡，認識許多父親邀請來的藝術家和收藏家朋友。他們在一起有時即興表演，有時清唱，更有好些時候愛把各自的珍藏拿出來「獻寶」。有一位伯伯收藏很多的日本版畫，每次買了新的畫作都要給狄嘉的父親看。小狄嘉在一旁聽他們對畫與畫家品頭論足的讚嘆不已，禁不住對畫家也崇拜起來。

漸漸的，狄嘉對於學法律完全失去了興趣，有一天他跟父親說：「當演員多好，有那麼多人為你鼓掌。當畫家，還可以畫

上樓的舞者，約 1886～1890 年，油彩、畫布，39×89.5cm，法國巴黎奧塞美術館藏。

芭蕾舞情景一幕，約 1878～1880 年，粉彩、單刷版畫，20×41.7cm，美國麻州克拉克藝術中心藏。

出好畫讓人收藏。學法律要做什麼，多無聊啊。」

父親說：「別忘了我們是從義大利來的移民。你祖父把這家銀行交給了我。你是我的長子，將來我也得把這銀行交給你。怎能不好好學習法律？」

狄嘉反駁父親：「那你為什麼時常說，如果不是為了祖父，你寧願去做音樂家？現在，我情願畫畫，你可以把銀行交給弟弟。」

父親拿他沒辦法，只好說：「你別以為當畫家是想當就可以當得成的。多少也得有些天分才行。」

狄嘉的父親對兒女一向溺愛，尤其是

這個長子，他一直覺得這孩子好像跟他是一個模子印出來的。看狄嘉在學校裡實在不快樂，也只好課餘送他去學畫。當時巴黎最有名的畫家是安格爾，狄嘉一直很崇拜他。但安格爾年紀大了，不再教畫，狄嘉就跟了安格爾的學生學畫。

有一次，父親帶著狄嘉去見安格爾，他問這位太老師：「要怎麼樣才能把畫畫好呢？」

這位老先生說：「線描，孩子，線描是一切繪畫的基礎。」

這句話影響了狄嘉一生的繪畫事業。他死後，人家發現他的素描本子比他正式畫出來的畫，起碼多出幾十倍。原來，他看起來好像花花公子似的，每天在巴黎街上閒逛，其實都是在用心觀察各種人物，並且把他們素描下來。他用悠閒隨意的眼光取材，好像一個扮演偵探的閒人一樣。

他十八歲的時候，毅然放棄了法律，並取得在羅浮宮畫畫的執照。

很少有畫家像狄嘉這麼好命的，二十幾歲時，他在巴黎的藝術中心蒙馬特區附近，就已經有了一間自己的畫室，而且還不是租的，是父親為他買下的。因為父親看他除了畫畫外，其他沒有一樣正經事愛

歌劇院休息廳，1872 年，油彩、畫布，32×46cm，法國巴黎奧塞美術館藏。

　　做，與其擔心他整天不是泡咖啡館、歌劇院，就是去賽馬場賭馬，還不如讓他專心畫畫的好。

　　他也的確沒有辜負父親的一片苦心。後來，父親的銀行被他兩個生意做得一塌糊塗的弟弟拖垮的時候，還是靠他畫畫來償還債務的。

印象派裡的黑馬

狄嘉有兩個很要好的畫家朋友，男的是馬內，女的是卡莎特。

馬內夫妻，約 1868～1869 年，油彩、畫布，65×71cm，日本北九州市立美術館藏。

狄嘉畫傳統式的人物肖像畫可以畫得很傳統、很好。可是他畫得更好、更與眾不同的是這一類「角度古怪」的。他創造了一種更直接、親近、鮮活而且自然的肖像畫。

馬內本來是他最要好的一位印象派畫家朋友，狄嘉經常去他家作客，所以畫起他來十分寫意自在。誰也沒把狄嘉當客人似的，馬內的妻子原來是在彈鋼琴的。多麼簡陋的客廳，多麼瀟灑的窮畫家，狄嘉使我們都覺得想跟馬內做朋友。

可是不知道為什麼後來馬內夫人那一部分被馬內剪掉（大概是夫妻吵架的結果吧？），狄嘉因此跟他絕交了。

馬內在印象派畫家中是個狂熱分子，他交遊廣、人緣好，畫家朋友們經常到他家裡去抬槓。狄嘉好辯，學法律時學得伶牙俐齒的，又是養尊處優慣了的大少爺，與人爭辯起來嘴巴很不饒人，在那群友人當中，只有馬內對他異常包容。

卡莎特是美國來的唯一可以打入巴黎畫壇的女畫家，而狄嘉的媽媽是美國人，所以他們兩人比較要好便不足為奇。狄嘉有好多畫後來被美國人收購，大都是卡莎

在羅浮宮的卡莎特，約 1879 年，粉彩，71×54cm，私人收藏。

狄嘉喜歡畫女人，但不見得喜歡女人。他對美國來巴黎學畫的卡莎特卻是另眼相看。一方面也許因為狄嘉的母親是美國人，一方面卡莎特是當時少有的能打入沙龍的「女」畫家，而且狄嘉後來愛上日本版畫，卡莎特的版畫做得一級棒，狄嘉不得不嘆服。

這張畫，是狄嘉畫卡莎特在羅浮宮觀畫的情景（當時「良家婦女」可去的公共場所非常有限，而且出門都得戴講究的帽子，畫中兩人其實是同一個模特兒：就是卡莎特一個人而已）。

在女帽店（局部），
1882 年，粉彩，75.5
×85.5cm，西班牙馬
德里提森－波那米
薩美術館藏。
有粉彩的筆觸，非油畫
的感覺可比。

　　特的功勞。他們倆還一起去西班牙旅行，
朋友們原以為他們會結婚的，可是兩個人
卻都終身未婚，全心奉獻給藝術了。
　　　　狄嘉在印象派畫家當中真像一匹「黑
馬」：當人家都在畫風景時，他畫賽馬場
裡的騎師。他最討厭畫風景了。

賽馬場的業餘騎師，
約 1876～1887 年，
油彩 、 畫布 ， 66 ×
81cm，法國巴黎奧塞
美術館藏。

賽馬場的馬車，1869 年，油
彩、畫布，36.5 × 55.9cm，
美國麻州波士頓美術館藏。
這時候大概比賽已經完畢 ， 馬
和騎師都已離去。你看，嬰兒睡
得多沉 ， 出來看馬賽的少婦好
像對她的寶寶比對馬的興趣大
得多 。 拉馬車的馬看著那些出
賽的奔馬，心裡在想什麼呢？連
小黑狗好像也有心事。洋傘、高
禮帽、趕馬的鞭子，這些細節在
布滿白雲的天空下 ， 會叫人忘
了到這裡來的目的 。 狄嘉雖然
最討厭風景畫 ， 可是從這畫中
天高地遠的景色看來 ， 他要是
畫起風景來，一樣是高手。

看臺前有騎士的賽馬場，約 1866～1868 年，油彩、
畫布，46 × 61cm，法國巴黎奧塞美術館藏。

狄嘉是個十足的都市人，他過的是巴黎有錢人的生活：歌劇
院、咖啡館和賽馬場是他經常去的地方。在他之前沒有人畫過
賽馬的地方。他喜歡畫馬和騎師，也畫觀眾。

17

當別的畫家窮得沒錢吃飯時，他卻可以買巴黎歌劇院全年的戲票，並且因此得到一張可以隨便進出劇院和芭蕾舞學校的通行證。這項特權使他有了充分的機會去素描那些芭蕾舞演出時的幕前幕後。

舞蹈測驗，1874 年，油彩、畫布，83.5×77.2cm，美國紐約大都會博物館藏。
這張畫和〈舞蹈學校〉很像，但人物的安排更靈活，鏡子裡還有映像和窗外景色，只是地板上的構成，縮短了畫面深度。

芭蕾舞課，約1880年，油彩、畫布，82.2×76.8cm，美國賓州費城美術館藏。

狄嘉一定很同情這位在等著女兒下課的媽媽吧？練舞的在後頭一遍又一遍耐心的練著，陪著的人把帶去的報紙看來又看去，畫的雖是教室裡的一瞥，主題卻是那耐人尋味的人情。

當人家用油畫和科學方法在分割色彩的時候，他卻在研究怎麼樣用粉彩、用蠟筆作畫。

當他跟朋友在一起談文論藝的時候，無論有理沒理，非把人說得氣結不可。但朋友們為了不滿官方沙龍的評審標準而自己租個沙龍來展出落選作品時，他是第一個熱心贊助的人。尤其是晚年，他還盡力收藏朋友們的畫作，間接給朋友們經濟上的援助。

舞蹈學校，1873～1876 年，油彩、畫布，85 × 75cm，法國巴黎奧塞美術館藏。
快要正式演出了，老師在訓話。老師的權威性，一眼就看得出來。地板上的斜線卻把你的視線一直
帶到後頭那些次要的演員們那兒，每個人的姿態都不同：鋼琴上黃腰帶的那女孩，好像背上忽然發
癢，她正在想法子把手背到後頭去抓癢；戴紅花拿扇子的這一位，腳下還躲著一隻小狗，大家專心
聽老師講話，沒有人理牠。不知道要準備多少年，才能參加一次這樣的演出呢。
狄嘉也不知道素描過多少個芭蕾舞者，才能這樣重疊交錯的畫出這豐富的印象來。

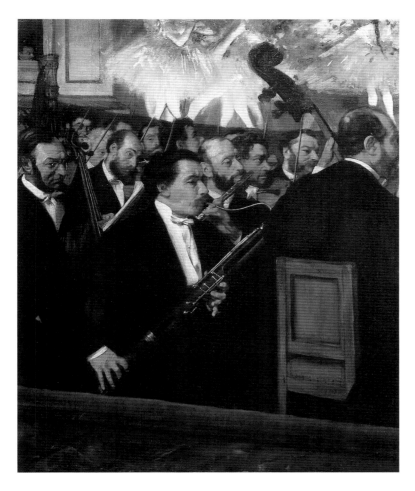

歌劇院中的管絃樂團，
1870 年，油彩、畫布，
56.5 × 46cm，法國巴黎
奧塞美術館藏。

畫裡吹巴松管的音樂家是狄
嘉的好朋友。原來狄嘉只想
畫他個人的肖像，後來乾脆
把他自己最喜歡的兩樣愛好
都畫了上去：音樂和芭蕾舞。
有趣的是這位音樂家到狄嘉
家裡來取畫，來了 3 次。狄
嘉畫畫總是慢條斯理，每次
狄嘉都說還沒畫完，可是，
音樂家覺得這不是已經夠完
美了嗎？所以第 3 次去的時
候，音樂家趁狄嘉不注意抱
起畫作就跑。

　　他還有個怪毛病：畫畫出了名的慢，
還常常修來改去，總是對自己不滿意。
　　有一次他給樂隊裡的一個朋友畫像。
先畫一個人，後來又多畫了幾個人，結果
畫了整個樂隊。這還不說，那個朋友到狄
嘉家中來取畫，前後來了三次，每次都覺
得已經畫得好得不得了，問狄嘉：「畫可以
讓我帶回去了嗎？」
　　每一次狄嘉都說：「不行，我還想修改
一點點。」

最後，那個朋友實在忍不住了，趁他不備，抱起畫作就跑。

　　現在我們一提到「狄嘉」，就會有人說：「啊，那個畫芭蕾舞的。」這實在太小看他了。狄嘉在藝術上的貢獻並不光只是在「畫」，他還喜歡做許多新的嘗試。譬如粉彩畫就是他發揚光大的，蠟像也是他的發明。

　　他那第一個小雕像〈十四歲的芭蕾舞星〉，展出的時候好多人都看不慣。他用

粉紅與綠衣舞者，約 1890 年，油彩、畫布，82.2 × 75.6cm，美國紐約大都會博物館藏。

藍衣舞者，約 1890
年，油彩、畫布，85
×75.5cm，法國巴黎
奧塞美術館藏。

伸縮鐵絲做人體，用軟木塞作填充物，敷
上黏土，然後給她穿上特別訂製的芭蕾舞
裙和舞鞋，還給她戴了一頂結著紅絲帶的
長辮子假髮。現在我們覺得不稀奇，可是
當年人家覺得它不倫不類。並且，大家還
說：那個小芭蕾舞星怎麼那麼醜呀？這就
是狄嘉與眾不同的地方，他對一般的美沒
有興趣。他喜歡畫一剎那間的印象，這可
能跟他喜歡攝影有關，那時候玩相機很奢
侈，他的畫，好像是從照相機的角度去取
材的，常常好像是些沒有對準就拍出來的
相片。

管絃樂團中的音樂家，約 1870～1871 年，油彩、畫布，69 ×
49cm，德國法蘭克福史達德爾美術館藏。

音樂停止了，女主角正在謝幕。如果這張畫是用相機拍的，你一定會以
為沒拍好，臺上太小，臺下太大，是嗎？可是照狄嘉的印象看來，音樂
和舞蹈的功勞應當是各占一半才公平，他自己好像是樂隊裡的一員，而
女主角卻是由觀眾的角度去看的。

　　狄嘉究竟算不算是印象派畫家，到現
在還常常引起爭議。不過，一般印象派畫
家畫光與色的印象，他畫的是人與動作的
印象。

喝苦艾酒的人，約 1875～1876 年，油彩、畫布，92×68.5cm，法國巴黎奧塞美術館藏。

這張畫是狄嘉比較被認可為支持社會寫實的。當時的風氣，要愈畫貧苦大眾的才愈表示社會寫實也愈表示支持革命。這裡酒店喝酒的一男一女，其實都是狄嘉認識的人。女人上酒店的非常少，除非有酒癮。這畫在倫敦展出時，還引起是否要禁酒的爭議，成為狄嘉最有名的一張酒店生活的寫實畫。它的構圖非常獨特，視線由斜桌面朝上推移，人物被推到右邊角落上去，酒和喝空了的酒瓶反而顯得地位重要起來。這種 Z 字形構圖，是狄嘉最愛用的。

天生的「世界人」

狄嘉他生在巴黎，長在巴黎，死在巴黎，是個道道地地的巴黎都市人。他活著的時候，除了巴黎，法國其他的地方他很少去過，但是義大利他常去，連美國都去過。因為他天生是個「世界人」。

狄嘉的祖父是法國人，祖母卻是義大利人。法國有個時期三月一革命、五月一戰爭，祖父就搬到義大利的拿坡里去，生意做得很成功，還開了一家銀行。後來業務推展到巴黎，就派狄嘉的父親去主持。

狄嘉的父親，總是穿著講究的西服，戴高高的絲質禮帽和上等的皮手套，熱愛藝術，每天家裡「往來無白丁，談笑有鴻儒」。狄嘉從小跟父親比較親近，一生受父親的影響很大。

祖父原來盼望狄嘉的父親去巴黎娶位法國小姐或義大利淑女為妻，誰知道他愛上的是位美國小姐。這位美國小姐，就是

狄嘉的母親。所以狄嘉可以算是移民文化的大結晶：他有義大利人的長相，法國人的藝術脾氣，還有美國人那種特立獨行、求新求變的個性。

狄嘉因為家境好，從小就不愁吃穿，家中有管家、女僕，出門有車夫，他不喜歡待在家中，整天都跟朋友在一起。母親去世時，他才十三歲，還好他受父親感染從小愛好藝術，不然他一生最多不過是個「淪落的貴族」而已。

他喜歡隨身帶著速寫本子，隨時隨地素描，尤其對帶有動作的人物他特別有興趣。比如：洗衣店裡燙衣服的女工、馬戲

洗衣店女工，1884～1886 年，油彩、畫布，76 × 81.5cm，法國巴黎奧塞美術館藏。
洗衣店女工在巴黎不下於貧民。狄嘉的畫，根底紮實，取材現代，但離不開大都會。
帽子店裡買帽子的女人和這裡累得直打呵欠的女工，都被狄嘉看到了。

團裡的空中特技人、賽馬場中的騎師、露天劇場唱歌的演員等等。當然，他最愛畫的是跳芭蕾舞的女孩子。

馬戲團裡的拉拉小姐，1879 年，油彩、畫布，116.8 × 77.5cm，英國倫敦國家畫廊藏。

她表演的好像是用牙咬著繩索吊在空中的特技。由下朝上的角度，抗拒著地心引力的那種身體平衡，驚險的氣氛和劇院裡的環境在在使我們感同身受。

女高音，1878 年，粉彩、水性媒材，51.4 × 40cm，美國麻州波士頓哈佛
大學福格美術館藏。

科學上需要「大膽假設」，藝術上恐怕更是需要。這個黑手套和歌唱的嘴用來做為
特寫的重點，真是非大膽不可。狄嘉處理得多麼美妙，還有那歌者的眼神，你不覺
得歌聲好像會從畫布後面傳過來嗎？

歌唱家習作，1878～1880 年，粉彩、炭條、灰紙，45.5
×58.1cm，私人收藏。

　　狄嘉二十歲時，父親叫他回義大利探
親，他一去就去了五、六年。他對拿坡里
的風景沒有多大興趣，跟祖父也沒什麼可
談，但他喜歡到處旅行。好在他的義大利
親戚很多，一會兒在叔叔家、一會兒在姑
姑家，親友們對這位巴黎來的客人都很寵
愛。除了在各地臨摹名畫之外，父親還要
他專心畫人像，特別交代他要多多替家裡
的親戚畫肖像。

　　他畫得最有名的是他住在佛羅倫斯的
姑姑一家，因為這個姑姑不聽家裡作媒，

羅馬街頭的乞婦，1857 年，油彩、畫布，100.3 × 75.2cm，英國伯明罕市立畫廊藏。
狄嘉的「寫實主義」，並不只限於注意到演藝人員。這是他二十出頭奉父親之命回義大利探親時在羅馬街上看到的乞婦。

自己愛上一個外人，被家裡趕出去直到回來奔喪。你看，畫裡的女主角表情哀傷但懷著身孕，而她的丈夫卻是外人一般無動於衷，兩個女兒很頑皮，一個兩手插腰跟誰生著氣呢，另外一個則規規矩矩。每個人物都有獨立性。他想要打破傳統，畫的技巧雖然傳統，但畫的內容與氣氛都是反傳統的：姑姑的離經叛道和「全家福」一點也不「福」的設想，充分顯示出他要與眾不同的決心。

貝勒里一家，1858～1869 年，油彩、畫布，
200 × 250cm，法國巴黎奧塞美術館藏。

你看，這一家人怎麼這樣奇怪，好像在拍希區考克
的電影似的。既然是一家人，怎麼夫妻倆分得這麼
開，兩個女兒也好像剛吵完架一樣。這絕不是一張
普通的「全家福」，但這一家人的確是狄嘉最喜歡
的姑姑全家。姑姑回來奔喪，所以身穿黑衣、表情
哀傷。姑父不是家裡同意而是姑姑自己愛上的，所
以看來有如外人。狄嘉很喜歡姑姑的兩個女兒，常
給她們一人一顆蘋果叫她們當模特兒，可是大的很
聽話，小的常常忍不住過一會兒就咬一口，蘋果吃
完就不幹了。

狄嘉二十幾歲時，回義大利探親，曾在他們家住了
很久，那時就想給他們畫張全家福，結果回巴黎後
畫了好多年才畫完。畫的技巧雖傳統，內容與氣氛
卻十分反傳統。

當然，他也畫了他那位八十七高壽而且很嚴厲的祖父。他不喜歡畫歷史畫和風景畫，肖像畫還可以，可是他不耐煩畫正襟危坐的那種肖像畫。畫祖父嘛，不敢亂來。可是，他有一幅〈菊花與婦人〉：主角都被花擠到畫邊上去了，完全不按牌理出牌。

狄嘉祖父的畫像，1857 年，
油彩、畫布，53 × 41cm，
法國巴黎奧塞美術館藏。
這位嚴厲的老頭，年輕時因未
婚妻在巴黎街頭革命中喪生，
一氣之下就「移民」到義大利
去，後來成了銀行家。有好幾
個兒子，只有狄嘉的父親愛好
藝術，就讓他去了巴黎。還好，
要是每個兒子都留在身邊做生
意，再富也沒有得到一個如狄
嘉這樣的孫子好呀。

菊花與婦人，1865 年，油彩、畫布，73.7 × 92.7cm，美國紐約大都會博物館藏。
主題畫的究竟是菊花還是婦人？
婦人剛從院子裡剪了一大堆的菊花，好不容易在盆裡安插好，你看，手套和剪刀還擺在水瓶旁邊。窗外還有滿園的花草，婦人的閒情如菊花，婦人的心事也一如這擁擠的菊花。主題？你管得著嗎？
想想看：要是分開來，菊花是菊花，婦人是婦人，要是花也完整，人也完整──沒有被畫框切掉了一點的感覺──你能想像那有多單調乏味嗎？

　　狄嘉從義大利回來後，他父親總算放了心。因為在義大利五年，他帶回巴黎二十八本速寫本，六、七百張在許多博物館裡臨摹來的名畫（其中以米開蘭基羅的最

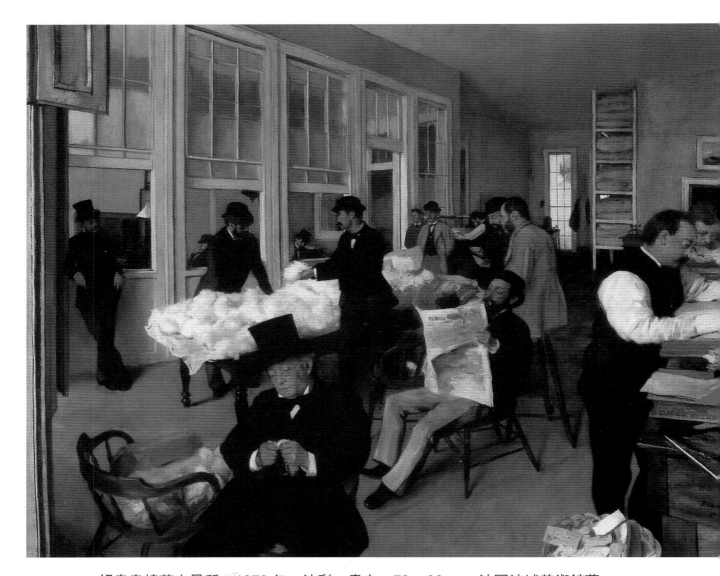

紐奧良棉花交易所，1873 年，油彩、畫布，73 × 92cm，法國波城美術館藏。

狄嘉的母親是美國人，娘家在紐奧良。狄嘉曾經跟舅舅一起去美國視察棉花買賣。棉市交易對法國佬說來或許有些異國情調，但對狄嘉而言，這張畫不過是他幾個親戚的畫像而已。畫中有他舅舅、兩個弟弟和銀行裡的職員，正在為棉花的品質討價還價。誰知這張畫卻被法國一個市立美術館出了很高的價錢買去，當時狄嘉對自己的畫並沒有多大自信，但這張畫的成就帶給了他莫大的鼓勵與信心。

多）
，可見他是多麼的用功。照他父親的
說法：這時他的畫已經「畫得很像個樣子
了」。

可惜，好景不長，父親去世後，兩個
弟弟都不爭氣，不但生意失敗，還連累到
父親的銀行。狄嘉受義大利傳統家族觀念
的影響很深，後來他一直都在努力償還家
裡的債務，連自己的婚事都顧不上。更不
幸的是在德法戰爭他服兵役當炮兵時，眼
睛受損，傷了視力，變成他後半輩子的痛
苦。

不過，在這段期間因為視察棉花生意
的緣故，他跟著舅舅去了一趟美國，收穫
卻不小。狄嘉的外婆家在美國南方，是做
棉花買賣的。那時交通可沒有現在這麼方
便，他先要坐十天的船到紐約，再坐四天
的火車到紐奧良。他對美國的火車印象很
好，但在紐奧良時沒有歌劇可聽簡直受不
了。這一趟旅行辛苦是辛苦，但是卻非常
的值得。因為他回巴黎之後，靠他帶回來
的在美國所作的素描和回憶畫了一幅〈紐
奧良棉花交易所〉，使他的畫名遠播。美
國人和法國人都搶著要買他這張畫。這也
是他第一張被法國博物館收藏的畫，賣了
很高的價錢，使他很開心。

在最熱鬧的地方隱居

　　早年用粉彩畫畫是不入流的，一般的畫家只用炭筆、粉彩來打油畫的草稿。可是狄嘉瘋狂的愛上粉彩，他覺得用粉彩作畫，沒有油畫那麼麻煩的準備功夫（要用油調色），也不像油畫那麼花時間（還要等它乾），最重要的是可以不必犧牲他最愛的線描。有一陣子他靠畫肖像賺錢替弟弟還債，為了省事快點脫手，他都用粉彩畫。他也喜歡做版畫、也喜歡攝影，但最愛的是收藏別人的畫作。

　　狄嘉一生當中，大概畫過七百多張的粉彩畫，但是畫完很多都不寫上日期，因為對他來說那只不過是他的實驗品而已。有時候他用開水灑在粉彩上，然後像漿糊一樣塗開；有時候他把畫放在地上，上面蓋上布，用力踩踏「做」出特別的效果；有時候又配合樹膠、水彩一起畫⋯⋯。其實，他從來不必靠賣畫過日子，但他比其

38

艾德蒙・德倫的畫像，1879 年，粉彩、蛋彩，100 × 100.4cm，英國
蘇格蘭格拉斯哥美術館藏。

如果不是因為那背後一排排的書本，這張畫很可能別的畫家也畫得出來。可是
那些書本上粉彩加熱水塗開的實驗性筆觸卻等同於狄嘉的簽名了。

他同時代的畫家畫得更忙、更勤快。因為
他是個不容易自我滿足的人。

　　他一天到晚都想試試新的手法，畫來
畫去，不停的實驗，一直要到滿意為止。
要別人滿意容易，要自己滿意可真難，尤
其是狄嘉。

大概從小一切得來容易，他那不易滿足的個性使狄嘉在藝術上雖然有所長進，但在做人方面就很吃虧了。因為不滿意就要挑剔，愛挑剔就會惹人討厭。他也很有自知之明，一直獨身到底（名副其實的單身貴族），到晚年時，過著幾乎隱居的生活。

　　他喜歡畫女人，可是並不見得喜歡女人；他喜歡小孩，可是自己沒有孩子；他有很重的家族觀念，可是自己並不結婚成家。按常理看來，他並不像是個會成為藝術家的人，可是他一生就是這麼「擇善固執」的變成了藝術家。要說藝術貴在創造的話，狄嘉可真是用他自己為我們創造了一種典型呢。

　　小時候，他跟父親一起欣賞別人的藏畫；老年時，他雖然變得很孤僻，但在他畫室的樓上也藏了很多他自己收購的別人的名畫。他一生享受的是藝術，一生回饋的也是藝術。愛上藝術使他一輩子都不寂寞。

　　誰說要當藝術家就得吃苦受窮？狄嘉就不是。

　　那個十四歲的芭蕾舞女孩，狄嘉第一眼看到她的時候，一定是很受感動的，那

個「天鵝湖」般的夢想和那個剎那間的感動，除了藝術還有什麼東西可以把它們保存得這樣完美呢？

　　「人生是短的，藝術是長的。」你相信嗎？

浴盆，1886 年，粉彩、硬紙，69.9×69.9cm，美國康州法明頓希爾－史蝶美術館藏。

浴盆，1886 年，粉彩，60×83cm，法國巴黎奧塞美術館藏。

狄嘉為什麼對女人洗澡這麼有興趣，恐怕只有他自己明白。可是他一系列的〈浴盆〉作品中，並沒有正面畫的女人，也很少有色情的成分在內。多數畫的還是「動作」，像跳芭蕾舞，只是姿態與粉彩的實驗。

別人說是他受到日本版畫的影響，很多日本畫家喜歡畫藝妓的私生活（如喜多川歌麿），而狄嘉用女人出浴來取代。日本藝評家小林太一郎還專門為葛飾北齋和狄嘉寫過一本書。他們兩人，一在東，一在西，但興趣一樣，喜歡記錄高難度的動作，如：跑馬的姿勢、人的舉手投足、澡堂中洗澡的百態等等。他們的「嗜好」雖然古怪，可是在照相機還很稀有的時代，「動作」要畫下來真是不容易，不但平時要觀察入微，還要在繪畫技巧上已爐火純青到出神入化的地步才能勝任。他們倆也因此而能不朽了。

喜多川歌麿，高名美人見たて忠臣藏，
1795 年，彩色木刻版畫，38.7 × 25.7cm，
英國劍橋費茲威廉博物館藏。

喜多川歌麿，以畫日本青樓豔妓和她們的私生
活而有名，他的木刻版畫在歐洲很早就有人收
藏。狄嘉的父親認識許多巴黎的藏畫家，狄嘉
因此受惠，大有可能。

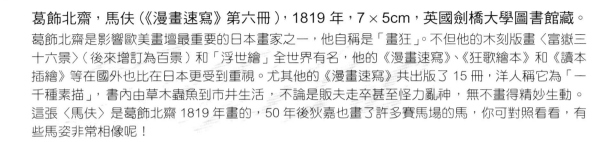

葛飾北齋，馬伕（《漫畫速寫》第六冊），1819 年，7 × 5cm，英國劍橋大學圖書館藏。

葛飾北齋是影響歐美畫壇最重要的日本畫家之一，他自稱是「畫狂」。不但他的木刻版畫〈富嶽三
十六景〉（後來增訂為百景）和「浮世繪」全世界有名，他的《漫畫速寫》、《狂歌繪本》和《讀本
插繪》等在國外也比在日本更受到重視。尤其他的《漫畫速寫》共出版了 15 冊，洋人稱它為「一
千種素描」，書內由草木蟲魚到市井生活，不論是販夫走卒甚至怪力亂神，無不畫得精妙生動。
這張〈馬伕〉是葛飾北齋 1819 年畫的，50 年後狄嘉也畫了許多賽馬場的馬，你可對照看看，有
些馬姿非常相像呢！

葛飾北齋，麻雀舞（《漫畫速寫》第三冊），1815年，7×5cm，英國劍橋大學圖書館藏。

麻雀舞是一種日本的民間舞蹈，詼諧有趣。並且這些動作有連續性，由上而下、由右到左，可以當作卡通動畫看。請跟狄嘉畫的芭蕾舞比比看，那些舞姿是不是很相似？

葛飾北齋，澡堂所見（《漫畫速寫》第一冊），1814年，7×5cm，英國劍橋大學圖書館藏。

圖中下半部是女人和小孩在公共澡堂洗澡的樣子，有腰帶的那一位是孕婦。

由跳舞、賽馬到洗澡，這麼多的雷同，難怪有人要以比較他們兩人的作品來寫學術論文囉！

舞蹈課，約 1870 年，油彩、木板，19.7×27cm，美國紐約大都會博物館藏。

　　現在，每當小安去芭蕾舞老師那裡上課的時候，她就會想到：
　　好久好久以前，在巴黎……
　　也有過一個愛跳芭蕾舞的小女孩……
　　她一跳跳進了藝術的王國……

狄嘉 小檔案

1834 年　本姓 de gas，後改為 Degas。生於法國巴黎。父親是義大利人，母親是美國人。父親是位成功的銀行家，喜愛音樂和收藏名畫。一生受父親影響很大。13 歲時，母親去世。

1845～1853 年　一直在貴族學校上學，學的是法律，愛的是畫畫。

1854～1860 年　到義大利旅行，去過羅馬、佛羅倫斯、威尼斯並臨摹名畫。開始迷上日本畫。

1861 年　回到巴黎。在羅浮宮做名畫仿製員，跟馬內很要好，認識許多印象派畫家。對馬和騎師發生濃厚興趣，專畫賽馬場。

1870 年　德法戰爭爆發，從軍。視力受損。

1872 年　與弟弟到美國紐奧良——他母親的娘家——去視察他們家在美國的棉花生意。回巴黎後畫〈紐奧良棉花交易所〉。

1874 年　父親去世。熱衷幫助並參與第一次印象派畫展。

1875 年　住在拿坡里的叔叔去世，整個家族因之破產。

1878 年　油畫〈紐奧良棉花交易所〉被高價收購，是他第一張進入博物館的畫。

1880 年　畫了很多芭蕾舞系列的畫，非常受歡迎。對塑像也有興趣，做了很多跳芭蕾舞的和賽馬場的馬，其中最有名的是那個〈十四歲的芭蕾舞星〉。

1885 年　因為視力不好，專心研究發展粉彩畫的畫法。

1895 年　愛上攝影，大量收藏別人的畫作。視力愈來愈壞，過著隱居的生活。

1917 年　幾乎全瞎，死時 84 歲。

藝術的風華
文字的靈動

2002年兒童及少年讀物類金鼎獎

第四屆人文類小太陽獎

行政院新聞局第十七、十九次推介中小學生優良課外讀物

文建會「好書大家讀」活動1998、2001年推薦

《石頭裡的巨人 —— 米開蘭基羅傳奇》、《愛跳舞的方格子 —— 蒙德里安的新造型》

榮獲1998年「好書大家讀」年度最佳少年兒童讀物獎

《拿著畫筆當鋤頭 —— 農民畫家米勒》、《畫家與芭蕾舞 —— 粉彩大師狄嘉》

榮獲2001年「好書大家讀」年度最佳少年兒童讀物獎

兒童文學叢書

藝術家系列

～ 帶領孩子親近二十位藝術巨匠的心靈點滴 ～

喬 托	達文西	米開蘭基羅	拉斐爾
拉突爾	林布蘭	維梅爾	米 勒
狄 嘉	塞 尚	羅 丹	莫 內
盧 梭	高 更	梵 谷	
孟 克	羅特列克	康丁斯基	
蒙德里安	克 利		

小太陽獎得獎評語

三民書局《兒童文學叢書·藝術家系列》，用說故事的兒童文學手法來介紹十位西洋名畫家，故事撰寫生動，饒富兒趣，筆觸情感流動，插圖及美編用心，整體感覺令人賞心悅目。一系列的書名深具創意，讓孩子們一面在欣賞藝術之美，同時也能領略文字的靈動。

適讀對象：
國小低年級以上
內附注音，小朋友也能自己讀！

創意 MAKER

創意驚奇雲

請跟著**畢卡索**，在各種藝術領域上大展創意。

請跟著**盛田昭夫**，動動你的頭腦，想像引領創新企業的挑戰。

請跟著**高第**，體驗創意新設計的樂趣。

請跟著**格林兄弟**，將創思奇想記錄下來，寫出你創意滿滿的故事。

本系列特色：

1. 精選東西方人物，一網打盡全球創意 MAKER。
2. 國內外得獎作者、繪者大集合，聯手打造創意故事。
3. 驚奇的情節，精美的插圖，加上高質感印刷，保證物超所值！

三民網路書店 會員

獨享好康 大 放 送

書 種 最 齊 全
服 務 最 迅 速

超過百萬種繁、簡體書、原文書5折起

通關密碼：A1788

憑通關密碼
登入就送100元**e-coupon**。
(使用方式請參閱三民網路書店之公告)

生日快樂
生日當月送購書禮金200元。
(使用方式請參閱三民網路書店之公告)

好康多多
購書享3%～6%紅利積點。
消費滿350元超商取書免運費。
電子報通知優惠及新書訊息。

三民網路書店 www.sanmin.com.tw